AGAMEMNON

VENGÉ,

BALLET TRAGIQUE

EN CINQ ACTES,

De la Composition de M. *NOVERRE*,

Remis par M. STORCHINFELD,

Sous la Direction de

Mrs. GOYON et BAUDOT.

A STRASBOURG,

1784.

425

Personnages du Ballet.

AGAMEMNON, Roi de Mycènes, *M. Storchinfeld.*

CLYTEMNESTRE, son Epouse, *Mad. Goyon.*

EGISTHE, Amant de Clytemnestre, usurpateur secret du thrône de Mycènes, *M. Blache.*

ORESTE, fils d'Agamemnon, *M. Fleuriot.*

ELECTRE, } Sœurs . *Mad. Storchinfeld.*
IPHISE, } d'Oreste *Mlle Blache la cadette.*

CASSANDRE, fille de Priam, captive d'Agamemnon, . . *Mlle Blache l'aînée.*

PILADE, ami d'Oreste, . *M. Francisque.*

Un Hérault d'armes.

Principaux Officiers d'Agamemnon.

Dames du Palais.

Soldats Grecs.

Esclaves Troyens.

Peuple de Mycènes.

Le Grand-Prêtre.

Des Sacrificateurs.

Des Enfans.

Les Eumenides.

L'Ombre de Clytemnestre.

Acte premier.

Le Théatre repréfente une partie des jardins de Mycènes.

Scene I.

EGISTHE ET CLYTEMNESTRE paroiffent; ils fe livrent à l'idée de leur commun bonheur; ils n'attendent qu'une circonſtance heureuſe pour faire éclater les fentiments qui uniffent leurs cœurs, mais cette circonſtance trop éloignée & fort incertaine encore les pénètre de la plus vive inquiétude : un fonge funeſte lui a peint les plus affreux préfages. Egiſthe , non moins inquiet que la Reine, fe jette à fes pieds , &, en lui jurant un amour & une reconnoiffance éternels, il lui promet que fon bras faura la délivrer de tous les objets qui pourroient s'oppofer à leur mutuelle félicité.

Scene II.

Dans ce moment un bruit de timbales & de trompettes fe fait entendre, & jette Egiſthe & Clytemneftre dans le plus grand effroi; lui fe releve des pieds de la Reine, avec autant de précipitation, que de crainte: ce bruit eft à leur ame agitée l'éclat de la foudre en corroux. Ils font anéantis.

Scene III.

Un héraut d'armes envoyé par Agamemnon fe profterne aux pieds de la Reine, & lui remet une lettre de la part de ce prince. Clytemneftre la prend d'une main tremblante, &, de l'autre, lui fait figne de fe relever. Le héraut fe retire vers le fond du Théatre.

La crainte s'empare du cœur de Clytemneftre, une fueur froide imprime fur fes traits une pâleur mortelle, elle ne peut fe déterminer à lire ce fatal billet. Voulant dérober à tous les yeux fa fituation & fon trouble, elle ordonne au héraut de fe retirer, &, par l'effort violent qu'elle fait fur elle-même, elle lui fourit agréablement, & lui fait entendre que fon meffage va mettre fin à fes douleurs & à fes infortunes.

Scene IV.

Clytemneftre & Egifthe fe raprochent avec le fentiment de la crainte: Clytemneftre lui montre, en frémiffant, l'écrit fatal, elle héfite & l'ouvre avec un mouvement précipité qui dépeint l'agitation, le trouble & le défordre de fon ame.

Ils s'enhardiffent à en faire la lecture: le commencent &, par la fuite, chaque phrafe les

AVANT-PROPOS.

SI les auteurs dramatiques ont déjà beaucoup d'obstacles à surmonter en représentant sur la scène de grands évènements, excités & soutenus par les plus fortes passions ; la pantomime privée du grand secours de la parole, doit franchir des difficultés presqu'insurmontables pour parvenir au même but uniquement par le langage muet des gestes. Cependant toutes les nations, qui ont cultivé les beaux arts, ont eu de tout temps de grands hommes, qui en travaillant avec succès

sur la pantomime, l'ont pouſſée à ce degré de per-
fection, qui fait honneur à leurs talents.

Ayant eu le bonheur de travailler avec les plus
grands Artiſtes dans ce genre de ſpectacles, qui ſe
font attirés les juſtes éloges & l'admiration de nos
contemporains, j'oſe imiter par le ſujet préſent le
grand N o v e r r e, & ſerois flatté, ſi un Pu-
blic éclairé ne me jugera pas indigne d'un ſi grand
maître.

Si l'accueil favorable d'un public auſſi indul-
gent qu'éclairé couronnoit mes eſpérances; je re-
doublerois mes efforts par d'autres eſſais pour ré-
pondre dignement à un encouragement ſi flat-
teur.

JONAS STORCHINFELD

glace d'effroi. Celle qui annonce qu'Agamemnon fuit avec empreffement le pas du meffager, porte au cœur de Clytemneftre le coup le plus accablant. Egifthe partage les mêmes fentiments, & ils paroiffent l'un & l'autre anéantis fous le poids de leur infortune : Ils ne fortent de cette fituation que pour fe livrer au défefpoir. Egifthe veut poignarder Agamemnon ; Clytemneftre recule épouvantée. Egifthe veut fuir, fe donner la mort, la Reine tremble, s'oppofe à fa fuite, à fes tranfports, &, pour le conferver, paroît confentir à fon deffein cruel. Un inftant après, fon cœur dément ce qu'elle vient d'avouer, elle fe reproche fa barbarie, elle eft effrayée de l'énormité d'un tel crime. Egifthe qui n'a de reffources que dans la fuite ou la trahifon, s'irrite, s'emporte, menace : fon bras accoûtumé au meurtre, fa main exercée au parricide, ne cherche que de nouvelles victimes. Clytemneftre qui, dans un inftant auffi fatal, ne fait que réfoudre, céde & s'unit aux projets d'Egifthe. Ils fortent, l'un & l'autre avec cette agitation qu'impriment fur leurs traits & fur toute l'action la fureur, le remord, & le défefpoir.

A ct e II.

La décoration repréfente un magnifique périftile du palais de Mycènes, à travers lequel on voit une porte triomphale & la principale place de la ville. Le périftile eft orné de tous les trophées que les rois d'Argos & de Mycénes ont enlevés dans les différentes

* 4

victoires qu'ils ont remportées fur leurs ennemis.

Scene I.

Une foule innombrable de peuple s'affemble fur la place pour voir fon Roi qui, après douze ans d'abfence, rentre dans fes Etats, couvert de gloire & en triomphateur. Déjà le bruit des trompettes, des timbales & des autres inftruments confacrés à la guerre fait retentir l'air; des foldats grecs marchant en ordre, ouvrent cette entrée triomphale; Ils portent les trophées de la victoire; d'autres font chargés des tréfors & des dépouilles des vaincus. Plufieurs captifs troyens paroiffent dans les fers, les plus diftingués font enchaînés au char du vainquer. Les principaux Officiers d'Agamemnon, portent les riches préfens deftinés à la Reine & à fes enfans. Ce Prince eft dans fon char. Caffandre, princeffe troyenne & fille de Priam eft placée à fa gauche : Le peuple de Mycènes fuit ce char, en jettant des cris d'allégreffe & des couronnes de laurier, tandis qu'une autre partie s'empreffe à parfemer de fleurs les chemins par les quels Agamemnon doit paffer.

Scene II.

Ce Prince, en defcendant de fon char, eft reçu par fa famille & par tout ce qui compofe fa cour, il embraffe Clytemneftre & fe jette dans le bras d'Electtre & d'Iphife, il reçoit les embraffements du perfide Egifthe qui tombe aux genoux d'Aga-

memnon. en ordonnant à tout le peuple de mê-
ler son respect à son hommage , il est imité de tout
le monde , sans excepter Clytemnestre , qui embrasse les genoux du vainquer de Troye , mais ce
Prince ne voyant point l'objet le plus cher à son
cœur , cherche Oreste dans tout ce qui l'environ-
ne, & le demande avec l'empressement de l'amour
paternel. Electre baisse les yeux & garde le silence, Clytemnestre, d'abord embarassée assure Agamemnon qu'il le verra incessamment, &, pour
étuder une nouvelle question, elle vole vers Cassandre, elle demande à son époux quelle est, cette captive distinguée ; il lui répond que c'est la
fille de Priam & la recommande à ses soins géné-
reux, la Reine l'embrasse & lui ôte ses fers, mais
en faisant cet acte de bienfaisance, elle donne à
connoître qu'elle lui jure une haine implacable.
Cette Reine & Egisthe , dans tous les instants, où
ils ne sont pas apperçus, laissent éclater la fureur
impatiente qu'ils brulent d'assouvir, en s'immo-
ant les objets qui pourroient s'opposer à leur bonheur.

　　Agamemnon qui partage la félicité de sa famille
& la joye de son peuple , ordonne à ses guerriers
de commencer des fêtes , il y prend part & ne de-
daigne point de s'y associer & d'engager sa famille
à les embellir.

Scene III.

　　Cette fête générale est interrompue pendant
quelques instants parmi pas en action entre Agamemnon, Clytemnestre, Egisthe, Electre,
Iphise & Cassandre: cette scene dialoguée, en de-
velopant le caractere & les passions de chaque Ac-

teur , sert encore au nœud de l'action. Agamemnon prodigue les plus tendres caresses à Iphise &
à Electre ; ces Princesses au comble du bonheur ne
peuvent se détacher des bras de leur pere. Electre,
qui connoît la cruauté de sa mere , la barbarie &
l'ambition d'Egisthe , frémit d'inquiétude & de
crainte. Cassandre, en exprimant sa douleur,
lit dans l'ame d'Egisthe & de Clytemnestre le pro-
jet barbare que la haîne y a gravé. Egisthe &
Clytemnestre, en embrassant Agamemnon , em-
ployent tous le détours de la politique , pour lui
montrer , combien ils sont charmés de son retour,
mais leur haine les trahissant à chaque instant , on
en découvre les étincelles.

La fête recommence, & après plusieurs pas ad-
aptés au sujet & au caractere mâle & héroique de ce
genre, elle se termine par un pas général de pro-
gression, dont la derniere figure offre un groupe py-
ramidal orné de tous les trophées militaires, afin
qu'il porte ce caractere de pompe & de majesté qui
regnoient dans les entrées & les fêtes triomphales
des anciens.

A ̃ &e III.

La décoration représente le cabinet de Clytem-
nestre. De grandes croisées ouvertes don-
nent sur la terrasse & les jardins du palais.
La porte est placée au milieu de ces deux
croisées ; des colonnes ou pilastres séparent
ces trois ouvertures & forment une partie as-
sez saillante pour servir de niches à des sièges,
de maniere que l'on peut entrer dans l'appar-

tement , fans appercevoir les perfonnes affifes dans les entrecolonnes.

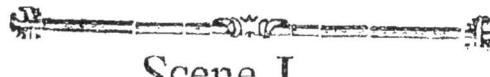

Scene I.

Clytemneftre , dont la vue de Caffandre a re-doublé la haine & la fureur, paroît avec Egifthe : elle lui offre d'une main fa couronne , & de l'au-tre un poignard avec la condition barbare, qu'il tranchera tout à la fois les jours de fon Epoux & de l'efclave troyenne. Elle veut armer les mains d'Egifthe du fer homicide : celui-ci , quoiqu'ac-coûtumé au meurtre, voyant de plus près l'inftant de le commettre, n'en reçoit la propofition qu'a-vec effroi, mais les emportements de la Reine , fes réproches , fes larmes & l'éclat du throne le déterminent ; il tombe aux pieds de Clytemeftre, & lui jure que fon bras la délivrera bientôt de deux objets qui lui font odieux.

Pendant cette fcene , on a vu les jeunes Prin-ceffes qui, traverfant la terraffe , frappées de la pantomime effrayante de Clytemneftre & d'Egif-the, fe font arrêtés aux croifées , ont été témoins du complot , en ont pénétré le myftere & l'objet, & fe font rapidement éloignées pour porter à leur Pere ce funefte avis.

Scene II.

Clytemneftre fort en peignant tout à la fois fon impatience , fon inquiétude & le trouble affreux qui s'empare de fes fens.

Scene III.

Egifthe feul s'abandonne à fes réflexions : L'idée du double crime qu'il s'eft engagé de commettre , porte à fon cœur le cri du remord; tantôt il envifage le bonheur & les grandeurs qui l'atten. dent. Tantôt il voit le bras de la vengeance armé pour le punir : Le fer eft prêt à tomber de fa main. Dans ce moment un bruit fondain frappe fes oreil. les & porte à fon cœur déchiré un nouvel effroi. Il fuit & fe dérobe à l'aide des colonnes.

Scene IV.

Agamemnon & Caffandre entrent dans le ca. binet de la Reine , fans appercevoir Egifthe. Caf. fandre , frapée d'un préfentiment funefte , ne peut s'empêcher de frémir fur le fort qui l'attend, & fur celui dont elle voit qu'Agamemnon eft me. na cé : Ce Prince fait des efforts inutiles pour éloi. gner des préfages auffi triftes; mais Caffandre qui a l'art de lire dans l'avenir , voit le palais enfan. glanté, Elle y voit les Euménides accompagnées par le crime , par la vengeance & par la haine: La mort fuit cette troupe infernale ; elle eft prête à frapper. Tels font les tableaux effrayans que cet. te Princeffe découvre en reculant d'horreur, & aux quels Agamemnon ne peut croire.

Pendant cette fcene Egifthe , que les colonnes dérobent aux regards des autres perfonages, eft indécis fur le choix de fa premiere victime , il femble que la crainte & le remords retiennent fon bras & balancent dans fon cœur le crime & la fu. reur.

Scene V.

C'eft dans ce moment de trouble & d'irréfolu-tion que Clytemneftre paroît, on dirait, à fon action, qu'elle eſt accompagnée par les furies : elle reproche à Egiſthe ſa foibleſſe, ſon peu d'empreſſement à la ſervir, ſon parjure, elle veut lui arracher le fer dont elle a armé ſon bras pour s'en ſervir contre Agamemnon. Egiſthe ne pouvant plus ſupporter ſes reproches, ſes menaces & ſes emportements s'élance comme un furieux & porte ſes premiers coups ſur Agamemnon, il vole en ſuite vers Caſſandre, qui, dévouée à la mort, marche au devant du coup; ſa fermeté & ſon courage arrêtent le bras d'Egiſthe, mais Clytemneſtre qui lui crie : *Frappe ! Acheve !* ranime toute ſa barbarie ; il plonge le poignard dans le ſein de Caſſandre. Clytemneſtre goute alors l'horrible plaiſir de la vengeance pleinement aſſouvie. Egiſthe jette le poignard aux pieds de Caſſandre. Les meurtriers ſe retirent, & quoique s'applaudiſſant de leurs forfaits, ils montrent dans leurs actions le trouble qui ſuit les grands crimes.

Scene VI.

Electre & Iphiſe, qui ont vainement cherché leur pere dans le palais, empreſſées à le ſauver, courent précipitamment, en continnant leur recherche. A la vue de Caſſandre aſſaſſinée & de leur pere mourant, elles jettent des cris de déſeſpoir, elles ſe précipitent ſur le corps enſanglanté d'Agamemnon, en exprimant ce que le regrèt & la douleur ont de plus déchirant. Agamemnon leur tend les bras mourans, il reçoit leurs ſoupirs & leurs larmes. Electre furieuſe ſe releve, livrée aux tranſports du déſeſpoir, puis elle revole aux pieds d'Agamemnon que la jeune Iphiſe n'a point ceſſé d'arroſer de ſes larmes.

Scene VII.

Les cris d'Electre ont attiré les Dames & les Officiers du Palais, déjà prévenus par le bruit & l'épouvante qu'Electre a femés. Elle leur montre leur Roi affaffiné, refpirant à peine, & Caffandre privée de la lumire. A ce double fpectacle d'horreur les Officiers volent au fecours de leur Roi, & les femmes fe groupent autour de Caffandre.

Scene VIII.

Egifthe & Clytemneftre ajoutent à la noirceur de leur forfait : ils paroiffent avec l'empreffement de l'amitié, ils affectent une douleur, une pitié que leurs yeux & leur phyfionomie démentent à tout moment ; ils fe jettent aux pieds d'Agamemnon ; ce Prince rejette ces perfides témoignages, avec un dédain & une horreur qui avance fes derniers momens. Clytemneftre & Egifthe mettent le comble à leur crime, en accufant Caffandre du meurtre d'Agamemnon ; le poignard qui eft à fes pieds leur paroiffant un indice propre à les juftifier & à détourneur les foupçons. Clytemneftre s'en faifit, le montre aux Officiers, accufe Caffandre, & eft prête à les perfuader par cette impofture. Agamemnon, faifant un dernier effort, fe releve, juftifie Caffandre & déclare qu'Egifthe & Clytemneftre font fes affaffins ; puis fe retournant vers fes enfans, les embraffe & meurt. Electre eft partagée entre la fureur, le défefpoir & la vengeance.

Pendant la fcene précédente, où Clytemneftre & Egifthe paroiffent déplorer leur infortune, Electre les regarde avec les yeux de l'indignation, du

mépris & de la colere, mais dans le moment qu'A-
gamemnon les accuse & confirme cette affreuse
vérité, elle se livre à tous les sentimens qui l'agi-
tent, elle éclate en reproches, elle menace, elle
insulte, elle jure à Egisthe que son bras vengera
la mort de son Pere, & saura punir un lâche assas-
sin & un usurpateur infame. Clytemnestre &
Egisthe anéantis par l'accusation publique d'Agamemnon, se retirent en exprimant la honte & la
rage qu'imprime dans l'ame l'horreur d'un crime
découvert.

Scene IX.

Electre revole aux pieds de son pere, lui par-
le, le serre dans ses bras, mais le trouvant glacé
& couvert du voile éternel de la mort, elle recule
épouvantée, elle se livre à tous les excés d'une vive douleur. Iphise mêle ses pleurs aux larmes de
sa sœur ; elles se jettent encore sur le corps d'Agamemnon qui n'existe plus : les Officiers l'empor-
tent; les femmes du Palais enlevent Cassandre.
Electre & Iphise suivent le corps d'Agamemnon,
en fondant en larmes, & en exprimant tout ce que
la douleur a de plus amer & de plus véhément.

A ct e I V.

La décoration représente un salon faisant partie
des appartemens d'Electre & d'Iphise.

Scene I.

Ces Princesses paroissent, elles sont habillées
en deuil, ainsi que les femmes de leur suite. Elec-

tre & Iphife expriment leur douleur : le chœur, à l'imitation des anciens , joint fes larmes à leurs fanglots. Electre, à la vue du poignard encore tout fumant du fang d'Agamemnon, frémit & exhale fa fureur ; puis elle retombe dans fa premiere trifteffe. Iphife & les Femmes font de vains efforts pour tarir la fource de fes larmes.

Scene II.

Clytemneftre effrayée de fon crime & perfécutée par les remords , cherche vainement des fecours capables de la confoler: elle accourt à Electre , elle implore fa pitié , elle cherche à s'excufer fur fon parricide, mais Electre, loin de fe laiffer toucher, la fuit avec horreur , lui jure de venger la mort de fon pere & s'abandonne à toute fa fureur. Ipife fe jette aux pieds de Clytemneftre qui, offenfée des menaces d'Electre , fe livre à fon reffentiment : elle fupplie cette mere irritée de pardonner à la douleur & au défefpoir de fa fœur, mais cette Reine , qui craint tout de la vengeance d'Electre, fort en la menaçant & en lui faifant entendre qu'elle la fera promptement repentir de fon infolence.

Scene III.

Electre furieufe & hors d'elle méme fait peu d'attention aux menaces de la Reine.

Une de fes femmes lui annonce l'arrivée de deux Entragers qui veulent fe mettre à fes pieds , & qui ont quelques fecrets de la derniere importance à lui communiquer : elle confent à les recevoir & frapée par un préfentiment heureux , elle fe livre à la douceur de penfer qu'elle aura quelques nouvelles d'Orefte.

Scene IV.

Les Etrangers font introduits. Orefte pour ménager à fa fœur une reconnoiffance qui pourroit lui caufer une émotion trop vive, fe jette à fes pieds & lui préfente une lettre. Electre la prend, mais en fixant fes regards fur les traits du jeune Etranger, elle y reconnoît tous ceux de fon frere, elle treffaille de joye, elle recule, elle avance, elle lui tend les bras : le plaifir l'empêche de voler à lui : l'excès d'un bonheur auffi vi & auffi inattendu femble anéantir toutes fes facultés ; Orefte fe releve, éprouve la même émotion, les mêmes fentiments, & fe jette dans les bras de fa fœur. Il lui préfente fon ami fidéle ; & Electre lui montre fa fœur Iphife qui étoit au berceau lors qu'il quitta Mycènes : Il l'embraffe tendrement & remercie le ciel du bonheur qu'il lui accorde.

Electre qui craint que cette félicité ne lui foit ravie, & que fon vengeur ne devienne la victime de la fureur d'Egifthe, prie fa fœur & engage fes femmes à veiller à la confervation d'un objet fi cher à fon cœur : elles fe difperfent pour garder les différens paffages qui aboutiffent à fon appartement, afin qu'elle ne foit point furprife par les ennemis de fa famille.

Scene V.

Orefte qui voit fes fœurs & leurs femmes en deuil, demande à Electre la caufe d'un apareil auffi lugubre : elle veut parler, mais les pleurs & les fanglots étouffent fa voix. Orefte, frappé du plus affreux préfentiment, la preffe & exige qu'elle

* *

s'explique. Electre tout en larmes lui montre le poignard teint du sang d'Agamemnon , & lui dit que c'est l'instrument fatal dont le cruel Egisthe s'est servi pour percer le cœur de leur pere. A ce récit Oreste frémit d'épouvante & de rage , il se jette dans les bras de Pylade , puis courant vers sa sœur , il se saisit du poignard & veut aller chercher Egisthe pour le percer de mille coups, Sa sœur, & Pylade volent & l'arrètent.

Scene VI.

Dans ce moment la jeune Iphise & les femmes accourent successivement : elles annoncent, en tremblant , l'arrivée du tyran. A cette nouvelle, Oreste veut l'attendre & lui donner la mort; mais ses sœurs , qui tombent à ses genoux , suspen-dent un instant sa vengeance , & le déterminent à se soustraire aux yeux d'Egisthe. Electre confie la garde de son frere à l'amitié de Pylade & aux soins vigilans de ses femmes.

Scene VII.

Egisthe entre, les plaintes améres que la Rei-ne vient de lui porter, ont exité sa colere , il est suivi des principaux officiers du palais. A son as-pect, toute la fureur d'Electre semble renaître, elle le traite avec mépris , elle l'accable de repro-ches. Le tyran indigné ordonne qu'on la charge de fers. A la vue des chaines, Electre frémit de rage & de désespoir ; elle les reçoit avec une tran-quillité dédaigneuse , puis s'approchant du tyran avec un air furieux, elle lui dit que ces fers honteux n'arrêteront point fon bras , & qu'elle faura le punir de tous fes forfaits. La jeune Iphife qui craint tout desemportements de fa fœur & du refentiment d'Egifthe , tombe à fes genoux pour le calmer , mais Electre appercevant fa fœur dans cette pofture humiliante, recule d'indignation , vole & l'arrache d'une fituation , qui avilit la fille d'Agamemnon , en difant au tyran que c'eft à lui à tomber à leurs pieds. Egifthe outré de colere & frappé par les menaces terribles d'Electre fort avec précipitation, en ordonnant aux officiers de lui répondre d'elle. Iphife fuit les pas d'Egifthe pour tacher de le fléchir.

Scene VIII.

Electre , à la vue de fes fers , exprime tout fon défefpoir : elle a cependant l'art de fe fervir de cet état humiliant, pour enchaîner & captiver le cœur de tous les officiers à la garde defquels elle eft confiée, elle leur montre fes fers, elle les attendrit, elle les intéreffe , elle les range de fon parti, & lorfqu'elle leur rappelle les derniers inftans d'Agamemnon, accufant Egifthe des coups, dont il expira, ils frémiffent d'horreur.

Scene IX.

Orefte & Pylade paroiffent. Les officiers s'avancent pour fe faifir de l'un & de l'autre, mais Electre leur crie : *C'eft mon frere, c'eft votre roi :* elle leur montre , comme un témoignage de cette vérité , le fabre & le bouclier qu'Agamemnon avoit deftinés à ce Prince , & qu'elle lui avoit remis, lorfque, pour le dérober à la cruauté d'Egifthe , elle l'éloigna de Mycènes.

** 2

Les officiers pénétrés d'amour & de respect pour l'héritier légitime de leur roi, tombent & se prosternent aux pieds d'Oreste qui, en les embrassant, leur promet une reconnoissance éternelle. Oreste & Electre, au comble de leurs vœux, expriment le plaisir que donne l'espoir d'une vengeance légitime. Electre remet à son frere le poignard teint du sang d'Agamemnon, afin qu'il le lave dans le sang d'Egisthe.

Elle lui demande de ne point épargner cette infame victime, elle lui montre qu'il faut le percer de mille coups & le traîner mourant & baigné dans son sang aux pieds du tombeau d'Agamemnon. Oreste, qui seconde les fureurs d'Electre lui jure qu'il ne portera que des coups assurés, qu'il brisera ses chaînes, & qu'il purgera la terre d'un monstre exécrable. Ils quittent la scene, ainsi que les personnes de leur suite, en exprimant le plaisir de se revoir, de se venger, & de sacrifier le barbare Egisthe aux mânes d'Agamemnon.

A ct e V.

La scéne est dans la nuit. La décoration représente un bois de cyprès, orné de tombeaux, d'urnes, de pyramides, de cariatides qui supportent des lampes sépulchrales. Le tombeau des Rois d'Argos & de Mycènes forme la partie principale de cette décoration. Ce monument auguste est en marbre blanc, ainsi que les pyramides, les tombeaux & les urnes.

Les portes du grand tombeau font de bronze & enrichies de bas-reliefs. En les ouvrant, on découvre un fouterrain obfcur, éclairé par une lampe fépulchrale, au milieu du quel s'élève une tombe entourée par un grou-pe de figures de marbre, qui expriment les regréts & la douleur.

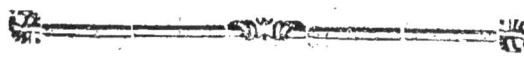

Scene I.

Orefte & Pylade paroiffent dans ce bois fom-bre qui ne reçoit d'autre lumiere que celle des lampes funéraires. Avant de confommer fa ven-geance, Orefte veut aller faire des libations fur la tombe de fon pere : il entre dans le tombeau, il defcend dans le fouterrain qui y eft pratiqué. Pylade en ferme les portes & fe cache dans les bof-quets obfcurs qui entourent le monument.

Scene II.

Une marche trifte & lugubre annonce l'arri-vée de la pompe funébre : des gardes portent des flambeaux; la Reine, les Princeffes & leur fuite font couvertes de crêpes noires, & tiennent dans leurs mains des branches de cyprès : Egifte a fes armes & fon bouclier couverts de crêpe, ainfi que les officiers & les troupes qui l'accompagnent. Tous les trophées d'Agamemnon font également couverts de voiles noirs. Des Prêtres, des Sa-crificateurs portent des encenfoirs & des vafes fa-crés. Des enfans portent des fleurs. Des foldats tiennent des carreaux de deuil qu'ils placent autour du tombeau.

Après cette marche triste & silentieuse, des femmes dansent un hymne autour de l'autel : elles déposent leurs branches de cyprès sur les marches du tombeau , & elles s'y prosternent dans les attitudes de la douleur. Les enfans jettent des fleurs.

Après cette cérémonie tous tombent à genoux & demeurent dans le silence le plus respectueux. Le grand prètre se prépare aux fonctions sacrées de son ministère : déjà l'encens brûle, on lui présente les vases destinés aux libations ; mais le ciel en courroux ne répond à tous les vœux qui lui sont offerts , que par des éclairs & des coups de tonnerre.

Scene III.

Le tombeau s'ouvre, on y voit Oreste accompagné des Euménides : il sort de ce monument, la rage & le désespoir se peignent dans son action, il apperçoit sa victime, il se précipite avec fureur sur Egiste, il lui porte un coup de poignard, il leve le bras pour redoubler , mais Clytemnestre, couvrant de son corps celui d'Egisthe, reçoit le coup mortel reservé au tyran. Electre qui s'élance pour arrèter le bras de son frere , en criant: *C'est ma mere :* ne peut arriver à temps. Oreste furieux m'entend, ne voit rien, & livré à tous les transports de la vengeance, il se jette une seconde fois sur Egisthe & le frappe de plusieurs coups. Cependant frappé d'une terreur soudaine, il se retourne, il voit une femme expirante & ses sœurs

en larmes : il marche à pas chancelans , il leve
d'une main tremblante le voile qui lui dérobe les
traits de celle à qui il vient involontairement de
donner la mort : à l'aspect de sa mere , il recule
d'horreur & d'effroi, il veut se frapper, mais Electre & Pylade volent à son secours & le désarment:
il tombe sans connoissance sur une tombe peu éle-
vée.

Le peuple épouvanté fuit de toutes parts.
On entraîne Egisthe & Clytemnestre.

Scene IV.

Dans ce moment les furies sortent du tombeau
pour exhaler leur joie barbare : elles appellent le
crime , le remord , & le désespoir pour mieux dé-
chirer le cœur du malheureux Oreste : les sislemens
de leurs serpens font leurs cris d'allégresse.

Cependant Oreste revient à lui , il revoit avec
la lumiere les objets hideux qui le persécutent.
La troupe infernale se croupe sans cesse autour
de lui pour le tourmenter, elle le poursuit sans relâ-
che. C'est en vain qu'il conjure , rien ne peut
fléchir leur barbarie. Oreste furieux s'abandonne
à l'horreur, qui le déchire son action peint :
avec l'égarement & l'effroi, tout ce que le crime ,
le remord & le désespoir lui retracent d'horrible;
il fuit , mais la terre s'entr'ouvre sous ses pas.

Scene V.

L'ombre terrible & menaçante de Clytemnestre lui apparoît & lui montre la playe toute san-
glante qui à frayé jusqu'a son cœur un chemin à
la mort. Oreste à cet aspect épouvanté recule,

frémit, se jette au pieds de l'ombre, la conjure d'une voix foible & mourante de croire que son cœur est innocent, que sa main seule est criminelle. L'ombre lui répond d'une voix menaçante & terrible, rejette ses pleurs & ses sanglots, & disparoît.

Scene dernière.

Oreste qui ne peut plus supporter la vie, & qui est sans cesse livré à la barbarie des Euménides, & déchiré par les reproches que le crime, le remord & le désespoir portent à son cœur, veut se donner la mort, mais Pylade, Electre & Iphise toujours attentifs à sa conservation, s'opposent à ses transports funestes. Le malheureux Oreste tombe dans leur bras, accablé sous le poids de ses douleurs, sans sentiment & sans connoissance. Les furies, le crime, le remord & le désespoir, tous ces monstres infernaux se groupent autour de lui pour ne le plus abandonner. *

---

* Pendant cette derniere scene Pylade, Electre & Iphise peignent leur douleur & le tendre intérêt qu'ils prennent à la cruelle situation d'un frere & d'un ami. Ils ne voient ni le spectre, ni les furies; Ils n'apperçoivent point le crime, le remord & le désespoir personnifiés. Tous ces objets effrayans ne font vus que par Oreste.

F i n.

.

www.ingramcontent.com/pod-product-compliance
Lightning Source LLC
Chambersburg PA
CBHW061734180626
46818CB00006B/2611